詩集

かたみとて何か残さむ

～良寛思慕～

黒羽　由紀子

詩集　かたみとて何か残さむ～良寛思慕～　＊　目次

かたみとて何か残さむ〜良寛思慕〜

いざ旅立つ

おれは〈大愚良寛〉との僧名を授けられて
真新しい墨染めの衣をまとい
剃りたての頭もすがすがしく
備中玉島へと　いざ旅立つ
別れぎわに〈今はこの世の名残《なごり》とや〉と
涙ぐんだ母
父の〈世を捨てし捨てがひなしと
言はるな〉のことばを形見に
五体に刻んでむかう

けれど　出家がかなった裏で
弟に名主をゆずり　なにもかも捨て去る
身勝手さに〈すまんのう　すまんのう〉と
胸の裡でつぶやいている
その詫びる心情を
新緑の野や山に残し
目頭にふかくおさめて
朝日にかがやく佐渡の島に
どうか生まれ在所をみまもってほしいと
ただただ頭《こうべ》をたれる

父よ母よと　こころで呼びかけ
おれはおれの立ち位置がどうしても

わかりません　それを探すために
仏の道を習いたいのです
そうくり返し申しのべていくと
しだいにこころが描きだしたのか
ひっそりと　み明し状の明りが
幻となってゆれている
おのれの根源が点ったように

宵闇《よいやみ》　歩みを進めていくと
明りが足元をほそく照らしている
ふと歩みをとめれば　ふうと消え
歩くとまた　ふうとつく
先導してやるぞとばかりに
いつしか　まっしぐらに

草鞋《わらじ》を一歩一歩踏みしめる
この身を仏に投げいれ
清らかにひたすら
縁にまかせていく決意を定めて

初夏の風が
のびやかに自在に　おのれを吹きぬける
かすかに張りついている
迷いが軽々と　はこび去られていく心境だ
あ！　これはこれは　あろうことか
仏のお慈悲と気づいて　空をじっと仰ぐ
どこかから　〈良寛よ風になれ
風になれ〉との声が
読経になって渡ってくる

おれは思わず合掌をし　おのれを忘れ
いつか　かならず
天上の大風になると念じている

何処より何処にか

良寛はどこまでも
まっさおな空を仰ぐ
その広がりに向かって
〈我が生何処《いずこ》より来り　去りて
何処にかゆく〉そう声を発するが
なにひとつ返ってこない
問いを抱え　ふたたび雲水になる
み山に分けいっていく　と

木立のほの暗さに包まれて
しだいに墨染めの姿は
おぼろげになり
自分を見失う不安に　またもや
強く問いをくり返す　けれどこだまだけが
響いてくる　こころの
迷いをさらに　こころに戻すかに

その時　良寛は
〈そうだったのだ――　おのれの
いのちの始まりと終わりは　だれも
知らないのだ〉と　やっと
思いいたる　なごんだ
眼差《まなざし》で山かげの苔水を眺めている

いつしか
澄んだしずくが染みいり
清々とした面持ちで坐禅を組む
今ここをよしとする心境で

五体が軽い　この身の
とらわれが流れていったのかも知れない
深く息をする度に
空《から》っぽの爽快さがあふれだす
のどかな小鳥のさえずりに
ゆだねるように　あっちで
微笑みをこぼし　こっちで
微笑みをこぼして　何処にか向かって
そぞろに足を運んでいく

きょう　良寛は雪どけの水
すみれの花のひとむらを　そっと
そっと巡っていく
小さくぽっぽっと
花びらが開いて
無数のうす紫が
春を彩っていく　ただ
ひとときのつながりの有りようを映して

野の僧

円通寺を辞する
良寛は師の国仙和尚さまに
修行成就の証《あかし》として　お授けたまわった
藤つるの杖に三拝九拝し
ごつごつとした節を
おもむろになぞって
ひとつひとつお教えをたどり
涙ぐむ思いでにぎりしめる

一瓶一鉢《いちびょういちはつ》を身に
藤つるの杖を軽やかに突いて
ひと足ひと足踏みしめ歩む
和尚さまが先
その後をどこまでもついていく
行脚の旅
どこからか聴こえてくる
〈良や愚の如く！〉
在りし日の
師の声をありがたく耳底に残して

僧衣は汚れ垢《あか》にまみれ
ひたすら
孤峯の頂《いただき》をきわめ

群青《ぐんじょう》の海を渡り
行脚がみ仏のみこころに
叶わなければ
いのちある限りやめない――
そう声をはりあげ
山々にこだまさせ
しかとちかう

訪ねる家も訪ねる家も
眼をおおいたくなるほどの貧しさ
経文をとなうれども
〈申し訳ねぇろも　なにも
あげるものがねぇて〉と掌《てのひら》を合わせる
野の僧としてひもじさを共にし

愚かなおのれを
世間にさらして生きようと
覚悟をきめていく

きょう
病に臥す老人を見舞う
肩もみをしてなぐさめ
施された米をそっと置いて去る
草の庵で良寛は
〈復空盂《またくうう》※を掲《かか》げて帰る〉と
藤つるの杖を
師の国仙和尚さまに見立てて朗詠する
破れた衣も風流に
こだわりなく

※空の鉢

鰈になるぞ

栄蔵と呼ばれた子ども時分に
〈そんなに親をにらむようなやつは
鰈《かれい》になるぞ！〉と
叱りつける父　あまりの恐ろしさに
浜辺の岩陰にしゃがみこんでしまった
夕暮れ　〈母ちゃん　おれ
まだ鰈になっていないかの……〉
そう　ふるえながら尋ねた

あの時の記憶が年をへて
良寛と名乗ってからも
山深い庵が暗さに包まれてくると
ほのかな明かりが点るほどに　ぽうっと
浮かんでくる
しだいに僧形の影がゆらゆらゆれ
海底に横たわって
ぼんやり流れに身をまかせている

いまは幻とうつつの境
あんなに脅かされていたのに
なんと鰈になってしまった
まわりに　あとからあとから
小魚の群れが　いったり来たりして

遊ぼうとでもいうように　ちょん
ちょんとつっついてくる
そのたびに海底で楽しげに上目づかいで
見上げ　返事のかわりに砂を巻き上げる

乞食《こつじき》僧になって村々を行脚していく
まだあの鰈の痕跡が身心に
うっすら残っているらしい
村人に　〈良寛さま　おひとつどうぞ〉と
勧められ　そちらで一杯
こちらで一杯
酌み交わすうちに　つい気分のよさに
仰向けにそり返り　みんながはやしたて
またまた　ななめによろけ空を仰ぎ

裾《すそ》をひらひら
そのままどこかへ泳ぎだし

そうだ　そうだったのか
遠い日の父の声が
栄蔵のこころに潜み
いつしかこの良寛の陽もとどかない
どん底でふ化したのだ
そうだったのか

ほどなく蝶の良寛は　どん底の目線で
同じどん底のいたる所でひとびとに
音もなく寄りそい　ゆるやかに進む
何もかも削ぎ落とし

まるみえの自分になって

ふる雪がふる雪が

〈このふる雪がふる雪が　わたしを
迎えてくれた――〉
良寛はだれにいうのでもなく語りかける
それから　音もなく
生まれ在所の野や海にふる雪を
掌にすくっていく
ひっそりと舞い戻ってきた挨拶にと
何度も押しいただいて

振り返れば
まぶたの裏に幼いころの
雪景色がそっと仕舞われていたのだ
西または東にいっても　どこを
行脚していても　思いを馳せると
天の高みから　しんしんと
しんしんと　雪

今この地に立つ
どこからか風まじり　雪まじりに
〈良寛　良寛〉と　わたしを
呼ぶ声がする　耳を澄ますと
すでに逝ってしまった父や母の
なつかしい声に思え

あるいは草葉の陰の　師の
凛とした響きにも聴こえてくる
いつしか　それらの声は
小やみなく　五体に染みはじめてくる

あの声に　わが身のかたくなな
こころは溶けていって
何にもとらわれなくなった　わたしは
〈俗に非ず　僧に非ず〉としか
生きようがない　だが縁にまかせてみよう
そうつぶやいて　やおら
歩きだす　ふんわりとした微笑みを
浮かばせ浮かばせながら

み山の草庵で
良寛は静まって軽く軽くほぐれ
ふる雪
そして　奉公にだされるという
少女にせめてもの
はなむけに花を散らすかに
絶え間なく　あとからあとからふらす
香りたって包むように

音いろの良寛

黄昏が迫ってくると　どこからか
この良寛の山深い草庵に
琴の音いろが響いてくる　時に
ふるえる余韻になり
段々　せせらぎの調べになっていく
そのせせらぎに　しばし
聴きいって身をまかせている

いつしか良寛は　ひとり

相和して　弦のない琴を爪弾いている
音が転じ早瀬になる　すると
両の指を強くはじき　しぶきを
思わせて幾度も
高まっては散り　散っては
高まってひときわ趣を添えていく

おや！　知らぬ間に
観世音菩薩さまのお図らいを
いただいたのだろうか
こころが研ぎ澄まされ　すっと
わたし自身が妙なる音いろに融《と》けていく
そうして　白雲の悠々さで
はるかな渓谷を

颯々《さつさつ》と渡っていく　どこまでも
さらにどこまでも

きょうも明日も
音いろの良寛は托鉢をする
一軒訪ねては　また一軒と訪ねて
手をたずさえるかに　共鳴音になり
たゆたっていくと　しだいに
透き通るほどの経文の清らかさが
あふれだす　胸奥の琴線を
鳴らしたかに　ゆかしく深く

娑婆《しゃば》の野
空の高みから〈良寛　良寛〉と呼ばれ

お導きくださり　わたしは
満天の星々の輝きを奏でる　やがて
いたるところに一粒一粒
種子をまくようにそっと地を
流れていく　いつか
かぐわしい一華《いっけ》が開くのを待って

ほととぎすが鳴いて

良寛は
左一*が身まかったとの訃報に
どこをどう歩いたのか覚えていない
掛替えのない友だった
墨染めの衣は
五月雨に濡れそぼって
それでもひたすら野に分けいっていく
どこからか〈良寛さ――〉とのどかな
声が聴こえてきはしないかと

立ちどまっては　じっと耳を澄まし
もしやと思い　一緒に遊んだ
あちらこちらを巡る
おどけた　しわぶきひとつ感じられない
耐えきれず
〈わたしを残してどこへどこへ
行ってしまったのだ！〉
張り裂けんばかりに叫んでみるけど
ただ山びこが
〈どこへ〉とはね返ってくるばかり
辛さがいっそう身に染みてくる

ふと在りし日の出来事が

ありありとよみがえってくる
山の庵で　この良寛の両の目をみつめ
何もいわずふかく
うなづいてくれた左一の
さえざえとした瞳
左一の友情が〈故郷の野に踏みだす
決心をわたしにくれたのだ〉と思う
あの時　共鳴するこころの弦が
今は嗚咽《おえつ》となってあふれだす

どこまで歩いて来たのだろうか
いつしか渓流の音も遠のいて
もう当てもなく
ただ力なく座っていると

突然ほととぎすが鳴きだす
思わず腰をあげて　見回すと
新緑の全山をゆるがすほどの響きが
渡っていく
まるで良寛への呼びかけに
応えてくれるかに　こころ染みて

悲しみがすうと　うすらぐ
良寛は左一の魂がほととぎすになって
胸に飛んできた気配を覚えた
気分が浮きたっていく
かつて仏の道を語りあった
弾んだ二人の声ににた　さえずりが
五体のそこここを切り裂いて

広がっていく

＊三輪左一、良寛の少年時代からの親友

水茎のあとも

朝霧に一段ひくし合歓《ねむ》の花

自ら身を捨てた父の遺墨を
良寛はことばもなく押し頂いて
水茎《みずくき》のあとを　いくどもいくども目で
たどり　なぜだ！
なぜなのだの自問をくり返す　けれど
答えらしきものは何ひとつ　湧き
上ってこない　ただ〈合歓の花〉が

おぼろに目がしらに浮かんでくる

やがて良寛は　無心になり　なににも
とらわれることなく弔っていきたい
そう願い　ひたすら坐禅を組んでいく
それなのに　自分が
家業を継がなかったせいではとか
それとも　仏門で期待に
応えられなかったためでは
ないのかとか　あれではこれではと
悔やんでも悔やみきれない心中が
もくもくもくもくと
脳裏を覆いつくしていく

とうに父の恩愛の絆は断ち切った
つもりでいたのだが　思いもよらず
出家した決意すら　くだかれてしまうほど
打ちのめされてしまった　すでに
こころは虚ろになり
せせらぎの音さえも響かず　どこを
歩いたのかもわからず　きょうも
草の宿で衣の袖をぬらし
まんじりともできず夜を明かすばかり

ふたたび遺墨を取りだす
ほのかに月のひかりに浮かびだす　句
すると幻か　うつつか　なんとあの
〈合歓の花〉が　うっすらと

ほあっと開き　またほあっと閉じる
まるで　父の魂が天から降りてきて
惑う良寛にありのままに
視ることだと染み入るかに　ゆっくりと
何度も何度も

良寛は遺墨の余白に
〈水茎のあとも涙にかすみけり
ありし昔のことを思へば〉と添え書きを
した　それから捧げもって
ふところに抱く　しだいにほんのり
父のたなごころの温もりが感じられて
良寛もそっとたなごころを
重ねていく　ほほえみに

ほほえみを返すように

静まる五合庵で

ご縁をいただいて五合庵に住む
三間四方の庵は
ひっそりと静まっている
梁は実にへの字に曲がった打楽器に似て
打てば　なにもない空間に響く
読経の余韻
ふとつぶやく
〈ここは乞食僧《こつじきそう》にふさわしい〉

外には樹木がうっそうと茂り
まるで歓迎の幟《のぼり》をはためかせて
くださるかに風にゆれている
恐れいり　ごあいさつの礼拝《らいはい》をすると
どこからか見守られている
気配を覚えて目をこらす　と
幹から菩薩さまのご尊顔
ほほえんで浮き現われ
あちらからもこちらからも

きょうも頭陀袋は空っぽ
五合庵のかまどから
ひとすじの煙も上がらない
良寛は　カナカナゼミの鳴き声に

両の足をのばして
ゆったりと耳を傾けている
時おり　〈カナカナカナカナ〉と
鳴き返し　こころひとつになって
み山に沁み入っていく

ときにはさらさらと筆を走らせ
ぼろ衣の一張羅にあじろ笠
一衲一鉢《いちのういっぱつ》
おのれの乞食姿をえがいては
我が道の孤りなる
詩を添えて壁にはる
雲のように行方定めず水のように流れ
身を修めるおのれの覚悟を

夜の五合庵には
だれも訪ねる人とていない
良寛は　山の端をさやかに照らす
満月に見いっている
酒盃の酒に月を映して
おしいただいて飲みほしているうちに
気分も高まり　盃を差しあげ
つい思わず　〈菩薩の皆々さま
月見酒をご一献いかがで
ございましょうか〉

蛍になってなお

暗くなると良寛さんは
酒を無心にいく　顔馴染みのご内儀が
〈蛍とあだなしょかの〉と笑っていう
そのあだなが気にいって
おどけて袖をゆらゆらさせて
ちびりちびり呼ばれていると
しだいに　頬がほんのり赤みを増して
うす暗がりに蛍火の点ってきそう

そんなこんなで良寛さんは
夢の中の草庵で身もこころもときほぐす
一匹の蛍
せせらぎをかるがると舞いあがり
青白い光の尾を引き
斜めになったりくるりと向きを変えたり
宙に一瞬　〈ほたる〉と筆を走らせたかに
ほのかな光の流れを映しながら

夢は貧しい村をすぎていく
蛍の良寛さんは　明日は奉公にでる
子どもらと追いかけっこをして遊ぶ
〈あっちの水は甘いぞ――〉
〈こっちの水は苦いぞ――〉

すーいすーいと葉陰に止まり
また浮かびあがっては
やがて去り際に
名残りおしげに
一人一人の掌に小さな光を
明滅させて置いていく

目ざめてもなお　良寛さんは
子どもらの弾んだ声が
ありありと耳に残り
涙をにじませ歌を吟じる

墨染の我が衣手のひろくありせば
世の中のまどしき民をおほはましものを

あの子この子の面影を川の流れに
描いては　あちらこちらに
そっと足を運んでいく　良寛さん
行く末をひたすらに祈りながら

いつしか夢とうつつのあわいから
夜ごと蛍になって
飛びたつ　良寛さん
ひとびとが指さす方を巡って止まり
月のひと雫ににた輝きを
つかの間　発しては消え
消えては発して
苦の娑婆を見えつ隠れつ　見守りながら

照らすほどに　いつまでも

手まり　そして手まりに

やっとやっと雪が解け
み山で春告げ鳥が鳴きだした
もういてもたってもいられずに
良寛は袖に手まり一つ二つと入れ
麓まで降りていく
久しぶりに会う子どもらの
顔を浮かべては〈ひふみよいむな〉
口ずさんで　少しでも
早くと　わき目もふらず足を運んでいく

〈良寛さまがきたぞ――〉
子どもらが歓声をあげ
ひとりふたりと
手まりをつく仕種をしながら
衣をつかんでひっぱっていき
我れ先に並びはじめる
良寛は　さあそれではと
わざとじらすように
おもむろに袖から手まりを取りだす

柔らかな陽に包まれて　子どもらが
〈ひふみよいむな〉と歌いはじめる
良寛はしめしめとほくそ笑んで

まりをつく　なかなか手がそれない
さらに歌声が大きくなる　ようやくたって
子どもらがつきはじめるや
拍手を取って良寛が歌いだす
〈ひふみよいむな〉
澄んだ歯切れのよい声音が流れ
ついては歌い
歌ってはついて　うららな日永と
のどかに遊んでいる

やがて夕暮れ
子どもらがいそいそと帰ってしまう
それでも良寛は　ただひとり
まりをついている　だんだん霞んで

いく里　しだいにどこからか
せせらぎが手まり歌かに聴こえてくる
良寛は　我れを忘れて
いつまでも　ポーンポーンと
まり音だけを軽やかに響かせながら

孤庵の野
おぼろな月に包まれてこの身は
いつしか目も声も失せ　まるくまるく
なっていき蝶の模様の手まり
さらに　どなたかのみ手に
つかれていたのだろう　ふあっと弾んで
くるくるまわって　そのままころがり
ほのかに照らされた道を　ところどころ

かすかな色どりを見せて
洒々落々《しゃしゃらくらく》に

盆踊りの良寛さ

〈良寛さ　どこへ行くがですか〉
〈きょうは盆踊りに行くがだぜ〉
返事もそこそこに
良寛はいそいそと足を運ぶ
待ちどおしくてたまらぬとばかりに
おけさ節を口ずさんで
これでは　あれでは　と
手ぶりを始めて

陽が西方の海にだんだん落ちて
提灯がひとつふたつ点りだす
やぐらを囲んで踊りの輪が
二重三重にひろがって
手拭いで頭を包み化粧をした
浴衣姿の良寛が
囃しに浮かれて紛れ込んでいく

〈いやあー踊りの品《しな》がいい
別嬪さんらねー〉
声がかかって良寛は
指先しなやかに
これみよがしに反らしながら
得意げに輪を巡り

〈老いの思い出じゃのう〉と
踊りあかす

ふと気がつくと
だれもいない
月がこうこうと照らしている
どこか天の高みから
笛や太鼓の囃しが
風にのって聞こえてくる
名残をおしんで高まっては
余韻を残して消え入るように
くりかえし　くりかえし

良寛は足もとも軽く

手を右に左になびかせて
盆踊りに興じている
身のこなしが
羽毛のように軽く軽くなり
いつしか三千大千世界《みちおほち》にあまた集い
風にのって踊っている
飛天のひとり

兄弟相逢う

〈兄さん　ながのごぶさたを
お許しください――〉
そう述べると弟は即座に良寛の手をとった
そして　ただ
見つめあって何度もうなずいている
兄弟《けいてい》共に眉も白くなり
歳月を重ねたのだという気持を一層
ふかくかみしめている

弟が何やらおずおずと
口を開きかける
胸中を察しでもしたかに
兄はそっとそれを止め
〈まあ　一杯いこう〉
そういって酒を注ぐ
〈兄さんもどうぞ〉と涙声で返杯しつつ
無事な暮らしを喜びあい
草の庵で静かに酌み交わしていく

ほろ酔いが二人の
心情《こころ》をときほぐす
良寛は実家を投げだし
重い役目を背負わせてしまった弟へ

〈すまんのう　すまんかったのう〉と
詫びのひとしずくひとしずくを
盃に落とす
うぐいすのさえずりの　あいまの静けさに

家業が没落して
世のはかなごとに流された
弟の苦しみに一耳《いちに》を傾け
かすかな呻き声さえ　のがさずに聴く
さらにもう一耳
五感五体の隅々にまで染みわたらせ
ゆらりと立ちあがって
深い苦しみを分かちあおうと
弟のかたわらに　そっと寄り添う

それからの日々
さしつさされつ飲みあかし
笑声は庵中に響く
すでに是も非もなく心底から浮かれ
我れを忘れて連れだって
良寛は踊っている
袖を広げふたり呆けて
今にも風にのり
いつまでも　ふありふありと

祈る

正月
雪のふる夜に
年端もいかない
子をおぶい　別の子たちの手をひいた
女もの乞いが草庵を訪ねてきた
〈慈悲ぶかい良寛さま
なにか食べものをお恵みくださいまし〉
かぼそくいうと
泣き崩れていく

そっと抱き起こし話を聴けば
夫は他国に穴ほりに出かけて帰ってこない
子をたくさん抱え
もの乞いになるしかなかった　と
とつとつと語る
かたわらで子らが
かじかんだ掌をひろげて
早う早うとせがみだす

良寛はいたたまれなかった
眼の前にいる親子の力になれない
今までなんのために　仏の道をと
内心忸怩《じくじ》たる思いがつらぬいた

すまなさに眼を伏せ
〈気の毒らろものう　見ての通り
なにもあげるものがねえ――〉

思案を巡らせふと
懇意な知人の顔が浮かんできた
すぐさま
何ぞあたえて渡世の助《たすけ》にもいたさせんと
おもえども　貧窮の僧なれば
いたしかたもなし　なになりと少々
この者に御あたい可被下候《くださるべくそうろう》　と
手紙をもたせ
子らの姿がふりしきる雪の中に
見えなくなっても

いつまでも見送っている

凍てつく朝
女もの乞いの姿が
まだ脳裏に焼きついている
良寛は人の苦しみの声に
おこころを傾けてくださるという
観世音菩薩さまにおすがりしようと
共に祈る思いで礼拝《らいはい》をしていく
五体を投げだし平伏し
立って合掌をし
一念一念　ただただおまかせして

錫杖を響かせる

良寛は声をかけることすら憚《はばか》られた
大地震*で崩壊した家々
一切合切を容赦なく持ち去った大津波
あちこちから迫まってくる火の手
家族を亡くした人も数知れず
村人は途方に暮れるばかり
いくところいくところ　あまりの惨状に
ただいっしょに涙するばかり

ぽっくり死んでいれば　こんな
悲しい思いをしないですんだのに
くり返しくり返し
我が身にいいきかせる
墨染めの袖をちぎれるほど握りしめて

身じろぎもせず天を仰ぎ
良寛はきっぱりという
〈災難からは逃げようがない
ならば眼をそらさず
いのちの縁がつき果てるまで
今の今を見据えていかねばなるまい〉
その肚のくくりを
余震のおいくる大地に示すかに

錫杖《しゃくじょう》を響かせる

見舞状をしたためる
友人を案じることばに添えて
野僧草庵は無事と
さらに書き加えて

災難に逢《あう》時節には災難に逢がよく候
死ぬ時節には死ぬがよく候　是《これ》ハこれ
災難をのがるゝ妙法にて候　かしこ

筆を置き　深々と頭をたれて合掌する

地震のあと

日々寒さは厳しく刺し
烈風は雪まじり
良寛は托鉢に向かう
くずれかけた山際を越え
もし埋もれれば土魂《つちくれ》になるであろう
それもみ仏のみこころ
法華経をとなえ　すべてをゆだね
こころ安らかに土魂を歩む

＊文政十一年、三条を震源とする大地震

形見の佐渡が島

朝な夕な　良寛は
海の向こうの
亡き母の生まれ在所
佐渡が島をじっと見つめている
自分を呼ぶなつかしい声が
潮風に乗って聞こえるようで
思わず一歩二歩と踏み出して
耳を傾ける

夕陽がだんだんかげってくると
良寛は墨色に横たわる佐渡が島の
懐ふかく抱かれる心地がして
母の胸の中のような安らかさ

我が一身は
ありし日　母が語ってくれた
島に咲く花々の香りや
どこからか響いてくるせせらぎに
清められていって
心の底は静寂になり
五体五感は澄み渡って
月明かりに
枯淡な影

佐渡が島は
母がこの良寛に残してくれた形見
観音さまのような寝姿で
良寛をお見守り下さった
そう思えて
〈母さん　おらの生き方は
これでよかったんだろうか〉
そう尋ねると
〈それで十分だったぜ〉
答えてくれたかに
波が砕け
ひときわ高くとどろき
引いてはまた高く

母をしのんで詠む歌一首

天《あめ》も水もひとつに見ゆる海の上に
浮かび出でたる佐渡が島山

きょうは海はないでいる
なで肩を思わせる稜線が
島べまでなだらかに下りているのが
くっきり見える
おだやかなそのお姿が
いつしか心の襞に
溶けこんだのだろう

佐渡が島よ

胸に掌をあてて
息を深く吸いこむと
ほのかに
母のいのちが点る

せせらぎの二重奏

貞心さん
あなたのことを想っていると
野僧の涸《か》れ果てた胸の渓谷に
音もなく浄らかな水がわきあがり
ゆっくりと
お数珠がふれあうほどの
せせらぎが聴こえてくる
この世ならぬ　せせらぎに胸すすがれ
いつしかこころなき心地かと　思う間もなく

静かな水音のむこうから
〈良寛さま良寛さま――〉と
たおやかに呼ぶ声が聞こえて
思わず立ちあがり
せわしなくあたりを見まわす
だがどこにも気配さえない
ただ声の柔らかさが耳殻《じかく》をめぐり
奥に沁みていって
あちらこちら　たゆたいながら
やさしげに身とこころを包み込んでゆく

夜ふけの草庵
貞心さんと日々を重ねた

あの時この時がほのかに点っている
手まりをついて遊んだ
浮き浮きした思い出が広がる
一段と胸裏のせせらぎが
明快に弾んだ調べになっていく
笑みがこぼれる

野僧の侘しい老境の
華やぐ風情
なにごころなく貞心さんの艶をふくんだ
声を思い返しているうちに
こころときめいて
逢いたさがつのり　歌を一首朗詠する

きみやわするみちやかくる丶このごろは
まてどくらせどをとづれのなき

この心情を何かに託して届けたい
そう願っていると
花びらがひとひら風に運ばれてくる
ひそやかに恋文が流れつくように

草庵には野僧の姿はすでになく
絶え間ないせせらぎが
水の琴を引くかに奏でている
ありがたくも観音さまの
お慈悲で遠くにいらっしゃる貞心さんも
せせらぎ

涼やかな音いろが
軽くはじけて送られてきて重なり合い
二重奏となって
無量無辺に響き渡っていく

老い人の良寛

ふと夜中に目が覚めてしまう
老いて病がちの良寛は
もう眠ることができない
草庵に夜はふかく沈んで
静まりかえっている
行灯《あんどん》の明かりは絶え
炉の炭火もとうに
消えてしまい
しんしんと

枕辺の寒さがこたえる

闇に横たわっていると
脳裏に
昔の友らのなつかしい面々が
次から次とほのかに現れてくる
現れるたびに
あの友は早くに逝ってしまったと
指を折り　また
この友の訃の報《しら》せを
人づてに聞いて　ことばもなく

いつしか取り残された
寂しさに

身の置きどころもなく
おぼつかない足元を杖にすがり
暗がりの庭にそろそろと降りていく
老い人　この良寛の
弱々しくなったこころを慰めてほしいと
腰をのばして立って

夜空には無数の星々が散らばって
まるで　仏のお慈悲の花が咲いたよう
それらの輝きに祈ると
老境を寂静《じゃくじょう》に導いてくださったのだろう
しだいに心底から安らぎが
五体の端まで広がっていく
その時

星明かりが映ったのか　一瞬
墨染めの衣が　かすかに白く浮きたつ
自ら　星の光を放つように

耳を澄ましていると
遠くの渓流が無弦の琴を奏でている
時に調べが
軽やかに木々をふるわせたり
野山の粉雪を
あちらこちらに舞いあがらせたり
やがて愚僧まで清々と
吹きわたる心地になっていくよ
いつの日にか　だれにこのような老いの
枯淡をわかってもらえるだろう

かぼそくゆらいで

夜　良寛は丸薬を飲んで床についたが
また腹がいたみだし
厠《かわや》へかけこむとしぶって
やがて少々くだり　さらに
二三度さっとくだっても
辛い痛みが四たびも襲ってくる
朝方　やっと落ちついて
うとうとと浅い眠りにつく

なんとも手足に力がはいらない
枕によりかかって
ふと草庵の庭に目をやると
垣根は半ば崩れかけ
一方の窓は竹にふさがれ
とても寒い　もう
小路を訪ねてくる人も絶えて久しい
周りは見る影もなく零落《れいらく》し
寂しさがより深まっている

良寛はおもむろに起きあがり
小川のほとりに立つと
水面に桃の花びらが　あとから
あとから流れてきて

そのひとひらをすくっては
そっと水に浮かべてまたすくい
それはまもなく自然に還る
我が魂のなごりとぞ

もはやこの
身の縁はつきるだろう
五感五体を吹いていた　いのちの風は
今やかすかな息になって
唇をよぎるだけ
たえまなく心拍を刻んでいた火も
かぼそくゆらいでいる
それらの不安不調をひたと視つめ
一瞬といえども　あるがままに

歌に詠んでいこう

痛みの遠のく　つかの間
良寛は昔　野良の道端で
〈なんじ一杯　我れ一杯〉
酒を酌み交わし　こころを癒された思い出を
語り終えると
さて〈そろそろ三代《みよ》の仏さまに
おまかせするかのう〉と独り言ちて
遠くから鈴の音でも聴こえてくるかと
耳を澄ます姿は
さながらあるかなきかに風にゆれる
ホトケノザ

かたみとて何か残さむ

この世の別れに親交を深めた
おひとりおひとりに　かたみとして
何を残したらよいだろう
良寛は　そうつぶやいて
遠くに思いを馳せる
托鉢の途中で道草をして
日が暮れるまで遊んだ
四季折々の山や野が
あざやかに浮かびあがってくる

春

どこ方ともなく
すみれたんぽぽ咲きみだれ
あまりのきれいさに寝ころんでいると
我が身のあちらこちらから
ぽっぽっと花が開くよう
そのまま　そよ風に吹かれている
子どもらが　ひと花ひと花を摘んで
鉢の子でかきまぜて
三世《みよ》の仏さまにとあげ奉ってくれる
み腕に抱かれる安らかさ

夏

良寛は
ほととぎすの鳴き声に呼ばれて
青山に分けいる
どこにも姿は見えないが
緊迫した響きは禅問答さながら
思わず平身低頭でかしこまる
六根の汚れが剥がれ落ちたのか
清々しさを覚えひときわ高く
超然と経文をとなえる
一足飛びのほととぎすに

秋

夕陽にもみじ葉が輝いている

今わの際のたたずまい
ことばもなく
宙《そら》に表をみせて　ひらひら
裏をみせてひらひらと散る一葉を
そっと掌にすくう
ほどなく朽ち果てるその形に
自らを重ね
墨染めの袂《たもと》を軽くひるがえして　ひらひら

良寛はいつしか晩秋の沢のほとりを
巡り巡って
いつの間にか苔むす岩の上に
木々の透《す》きまから月の雫《しずく》がこぼれてくる
あたりはもの音ひとつしない

ただ夜露だけが点々と
光っている
自然の中にひっそりと還っていく
一瞬のいのちのかたみを葉先に残こして

あとがき

良寛さまを思うと、いつも愛語という言葉が浮かんできます。愛語とは、良寛さまが敬愛する道元禅師が『正法眼蔵』のうちの「菩提薩埵四摂法《ぼだいさったししょうほう》」の巻で、人が生きるための四つの大切なことととして布施、愛語、同事、利行をお説きになり、そこからの言葉で、愛語についてはこう説いておられます。

「人々に接するに、まず慈愛の心をおこし、相手の心になって、慈悲の言語をほどこすことである」

それは単なるやさしさの言葉ではなく、相手を肯定する言葉に思われます。良寛さまは、生涯まさに愛語の人としてご修行を積まれたと私は理解します。

「正法眼蔵」からの〈愛語〉を筆写した良寛さまの書を見ると、その水茎の跡には人のためにではなく、自分を戒めるために書かれたと思える意志が感じられます。詩を読むと、きびしく自戒をし反省の人だったお姿が浮かび上がります。

そのような良寛さまの生き方をわずかなりとも学ぶうちに、私はカウンセラーとして子どもたちや親たちと関わる際、相手のこころの痛みを我が痛みとして受けとめ、面談できただろうかと、常に我が身を振り返るようになりました。

思えば、私はこれまでも人の世の辛さ悲しみに出会うたび、良寛さまのお言葉にこころが慰められ救われてきました。

今年の十月には姉がみまかり、四人姉妹のうちただ一人私だけが残りました。寂しさはたとえようもありません。

そのような時、〈母去って悠々、父も亦《また》去る。悽愴哀惋《せいそうあいえん》、何ぞ頻々《ひんぴん》たる〉という良寛さまの詩を読むと、共感の愛語をいただいたと感じ、喪失の感情が安らぎ、胸に明かりが点る思いがします。

母も父も逝き、悲しみや嘆きが何と次々に起こることでしょうという良寛さまの思いに、寄り添われて立っていると感じ取れるからです。

詩集『かたみとて何か残さむ』を上梓するにあたり、ひとかどならぬご支援をたまわりました。「白亜紀」編集代表の武子和幸氏と同人の皆様。そして、詩作をお励ましくださった、今は亡き早稲田大学名誉教授で詩人の清水茂氏。生前、たまわりました御歌を原文のままに記載させていただきました。

それから、良寛のご著書や資料をお送りくださりお教えをいただいた僧侶で良寛研究家の中野東禅師。さらに前詩集『待ちにし人は来たりけり』同様、親身にご面倒いただいた出版社考古堂会長、全国良寛会副会長の柳本雄司氏。またいつも、背中を押してくださった多くのこころやさしき方々に深く深く感謝いたしたく存じます。

黒羽　由紀子

二〇一九年師走　凍空に落ち葉が舞う日

かたみとて
何か残さん
詩《うた》ごころ
此のよを照らす
をさな子の顔

茂

著者プロフィール

黒羽　由紀子（くろは　ゆきこ）

【主な経歴】

1949年　茨城県笠間市生まれ
「白亜紀」同人
全国良寛会会員
日本詩人クラブ会員、日本現代詩人会会員
茨城県詩人協会会員

【著　書】

詩集『幻華』（視点社）
詩集『ひかる君』（国文社）
詩集『夕日を濯ぐ』（国文社）
詩集『オカリナの風景』（国文社）
詩集『南無、身を笛とも太鼓とも』（土曜美術社出版販売）
詩集『待ちにし人は来たりけり』（考古堂）
『喪神の彼方を』（共著、国文社）
『白亜紀詩集一九九四』（共著、国文社）
『白亜紀詩集二〇一六』（共著、国文社）

現　在　上級教育カウンセラー、臨床仏教師
現住所　〒311-3804　茨城県行方市小高1201　岡部方

詩集　かたみとて何か残さむ　～良寛思慕～

発　行　二〇二〇年五月一日
著　者　黒羽　由紀子
発行者　柳本　和貴
発行所　㈱考古堂書店
〒951-8063　新潟市中央区古町通4番町563番地
TEL　025・229・4058（出版部直）
FAX　025・224・8654
印刷所　㈱ウィザップ